CW01188710

Texte français par Shinji Iida et Florence Seyvos
© 1993, l'école des loisirs, Paris, pour l'édition en « lutin poche »
© 1954, Tiden Norsk Forlag pour le texte original
© 1991, Akiko Hayashi pour les illustrations
Édité par Fukuinkan Shoten, Tokyo.
Loi numéro 49 956 du 16 juillet 1949 sur les publications
destinées à la jeunesse : janvier 1993
Dépôt légal : décembre 2009
Imprimé en France par Mame à Tours

La chevrette qui savait compter jusqu'à 10

Une histoire d'Alf Prøysen illustrée par Akiko Hayashi

lutin poche de l'école des loisirs
11, rue de Sèvres, Paris 6e

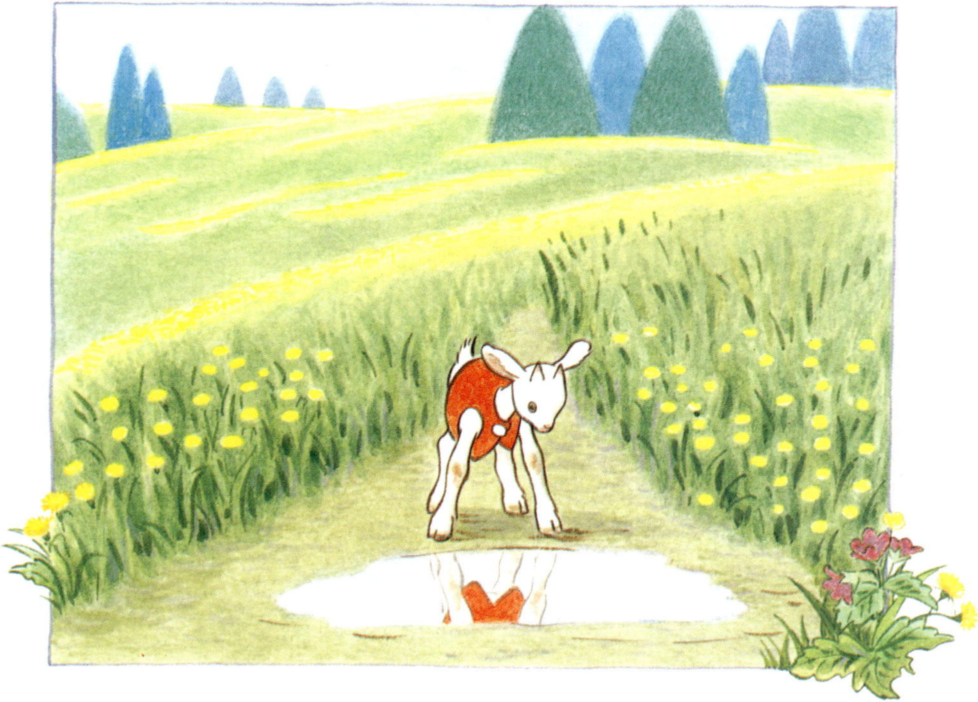

Un jour la chevrette apprit les chiffres.
Elle sut compter jusqu'à dix.
Elle se trouva devant une flaque d'eau,
et s'arrêta pour s'y regarder attentivement.
« Ça fait un », compta-t-elle.

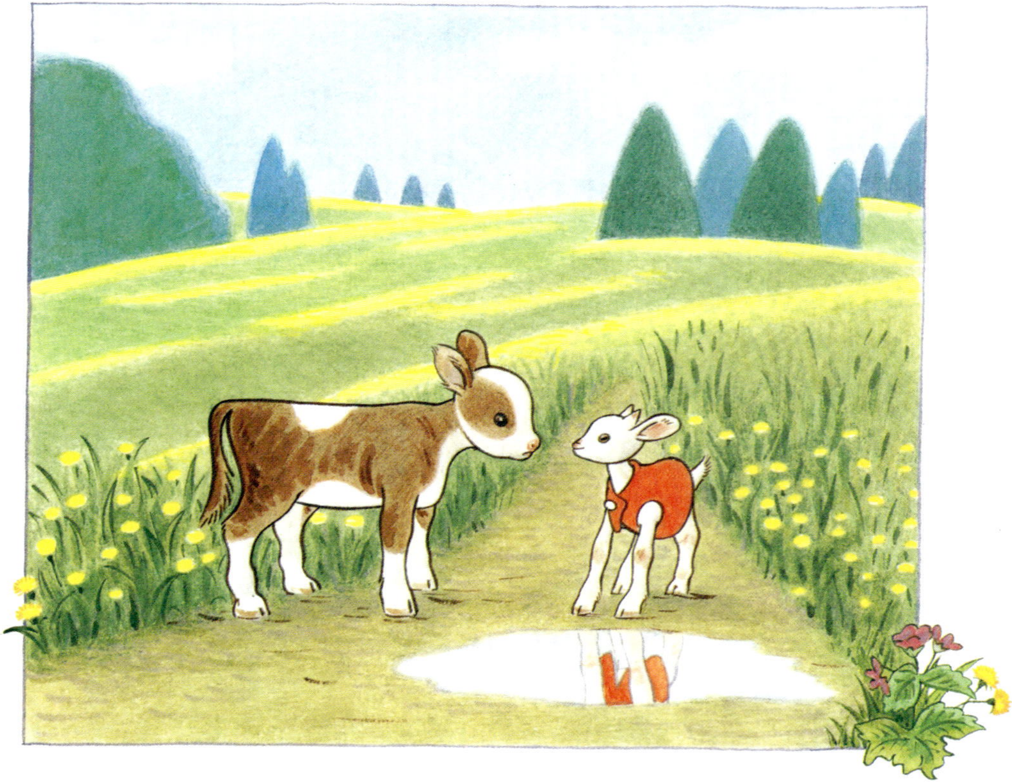

Un veau qui passait par là
aperçut la chevrette et lui demanda :
« Qu'est-ce que tu fais ? »
« Je compte », répondit la chevrette. « Veux-tu
que je te compte aussi ? »
« Oui, si ça ne fait pas mal », dit le veau.
« Pas du tout. Tu n'as qu'à rester sans bouger,
et moi je te compte », dit la chevrette.
« Non, attends. Je vais d'abord demander
la permission à maman », dit le veau. Et il partit.
Mais la chevrette le suivit.
« Moi ça fait un, plus toi ça fait deux, 1, 2 », compta-t-elle.
Le veau se mit aussitôt à pleurer :

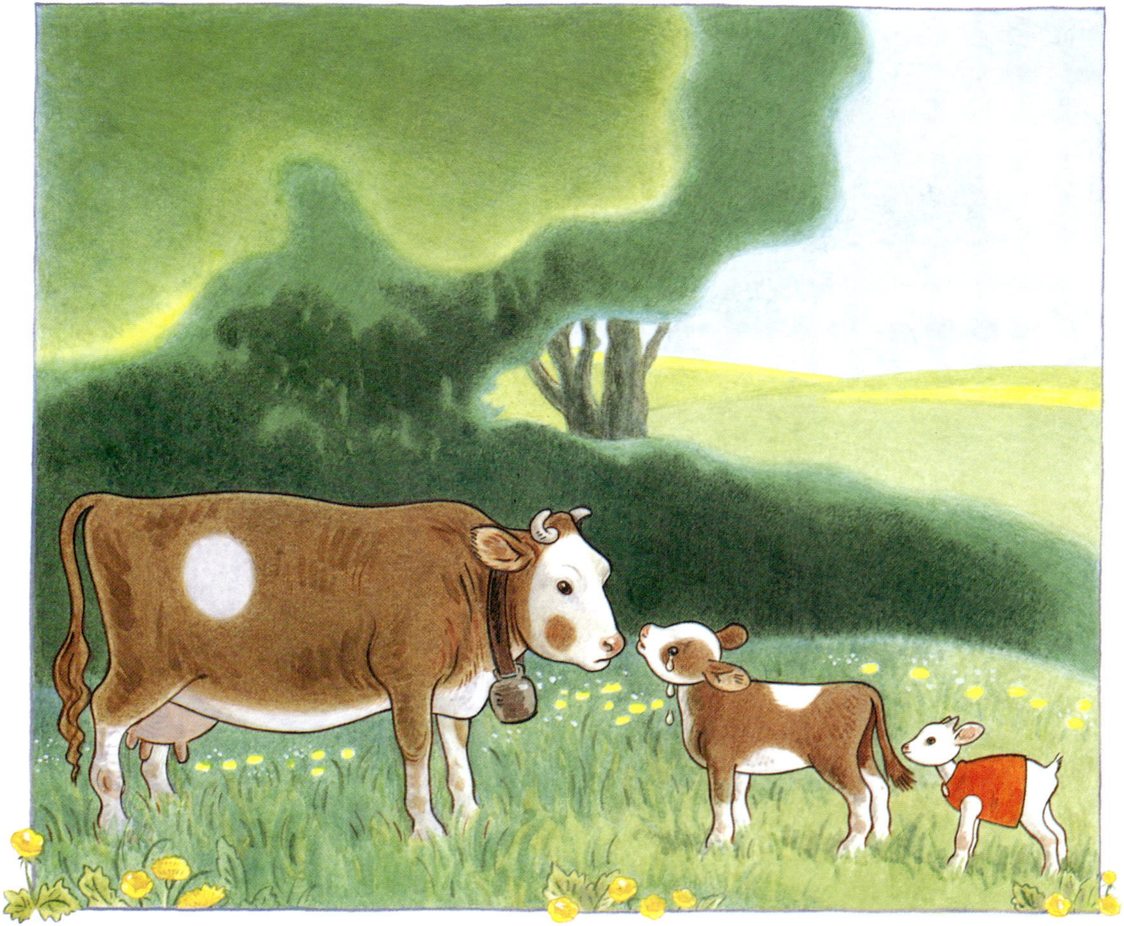

« **M**euh ! »
En l'entendant, sa mère la vache accourut,
sa clochette au cou.
« Qu'est-ce qui se passe, mon trésor ? » demanda-t-elle.
« La chevrette m'a compté », dit le veau.
« Qu'est-ce que ça veut dire ? » demanda sa mère.
Alors la chevrette expliqua : « Moi je sais compter
jusqu'à dix. Alors j'ai fait comme ça :
moi ça fait un, plus le veau ça fait deux,
plus sa mère la vache ça fait trois : 1, 2, 3. »
« Oh ! Maman aussi a été comptée ! » s'écria le veau.

La vache était furieuse.
« Tu t'es bien moquée de nous ! Viens, mon trésor !
Attrapons cette chevrette mal élevée ! »
Et le veau et sa mère se ruèrent sur la chevrette.
Quelle surprise, pour elle ! Elle sauta
par-dessus la barrière et s'enfuit dans le pré,
de toute la vitesse de ses pattes.
Le veau et la vache se lancèrent à sa poursuite.

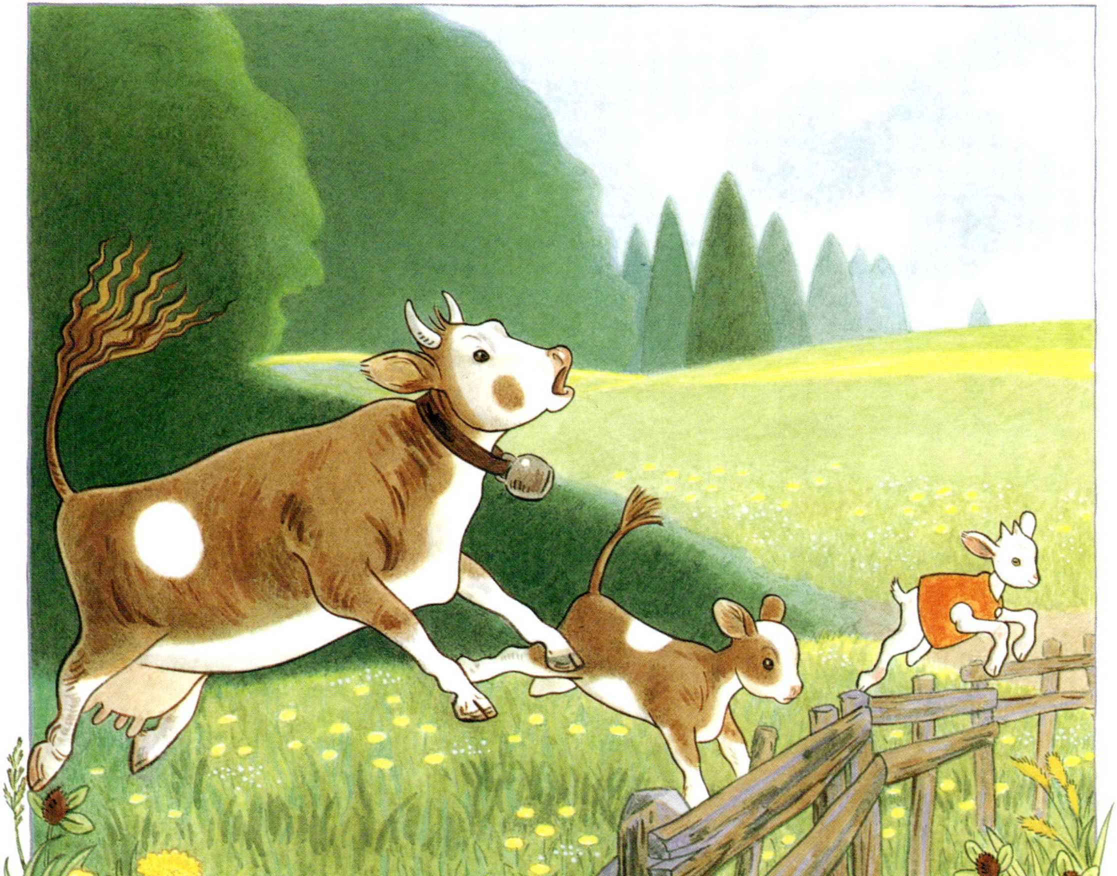

Dans le pré, le taureau retournait une meule de foin
avec ses cornes. En voyant arriver sa femme et son fils
qui poursuivaient une chevrette, il demanda :
« Que se passe-t-il ? Pourquoi poursuivez-vous
cette petite chevrette ? »
« Elle nous a comptés ! » dit le veau.
« Alors il faut que je l'attrape », dit sa mère.
Mais tout en courant, la chevrette se remit à compter :
« Moi ça fait un, plus le veau, ça fait deux,
plus sa mère la vache et plus son père
le taureau quatre, 1, 2, 3, 4. »
« Oh ! Papa a été compté aussi ! »
s'écria le veau.

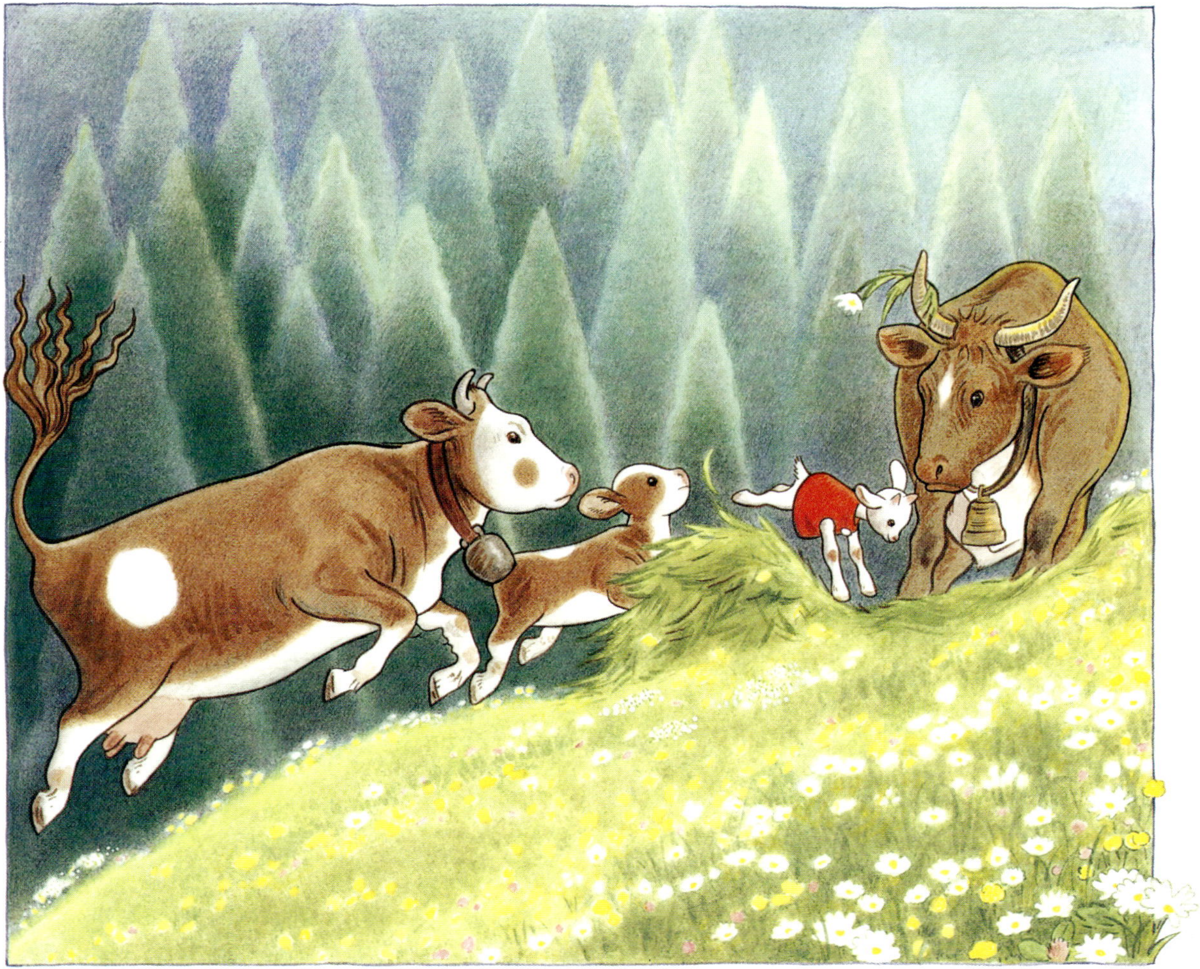

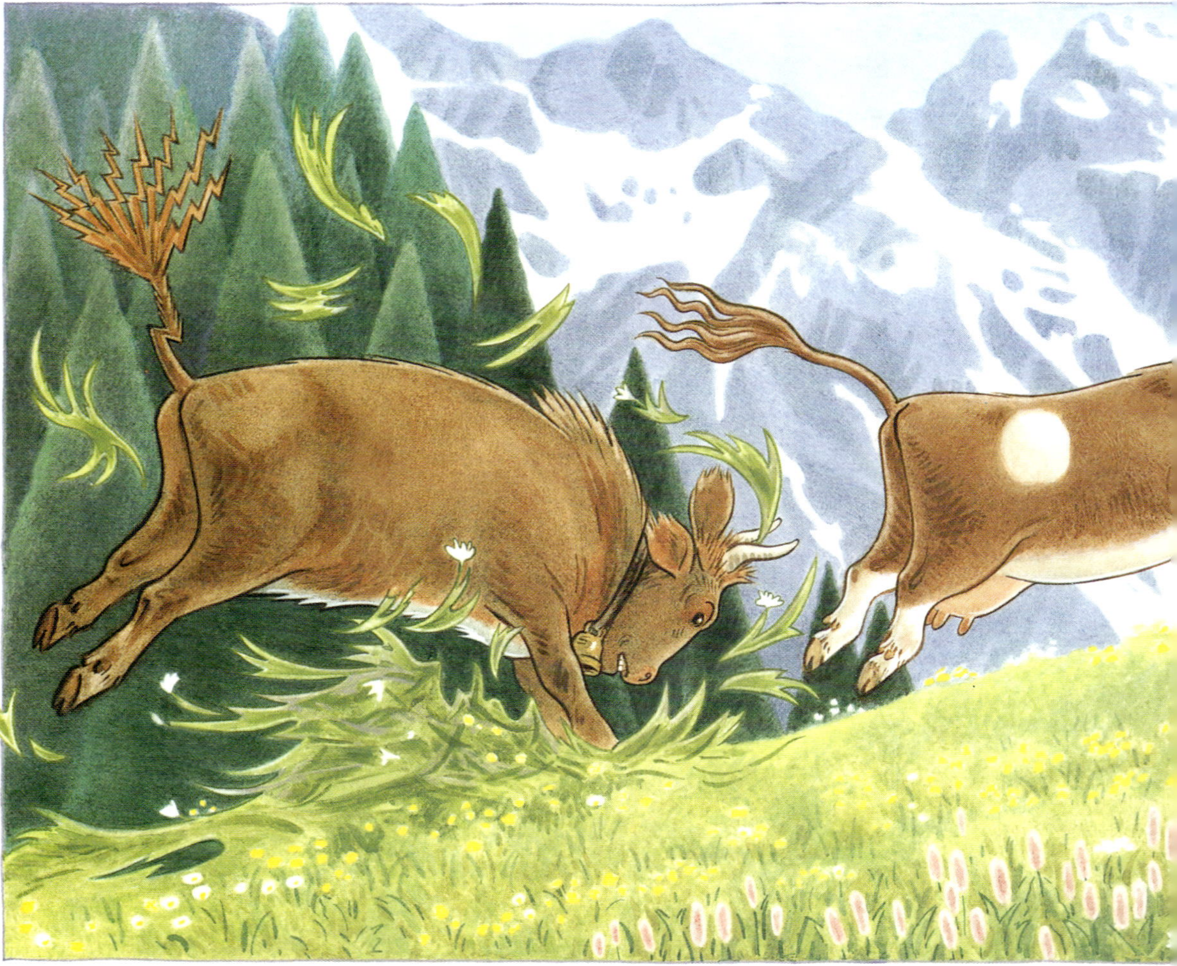

« Comment, sans me prévenir ! »
gronda le taureau.
Et il s'élança, lui aussi,
à la poursuite de la chevrette.

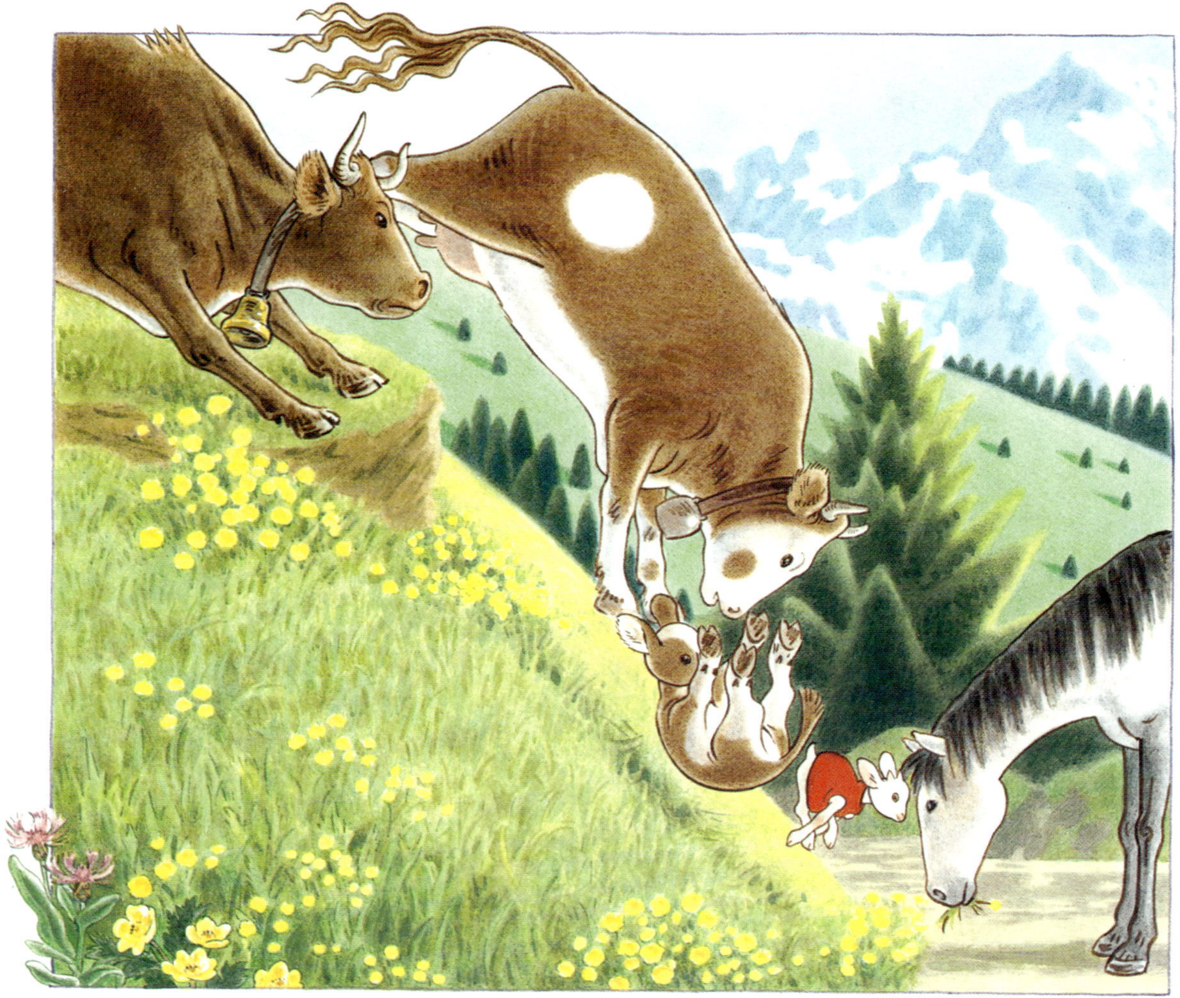

Un cheval, qui broutait l'herbe
au bord de la route, les vit et demanda :
« Pourquoi donc courez-vous si vite ? »
« Il faut attraper cette chevrette », dit la vache.
« Elle nous a comptés », dit le veau.
« Sans même nous prévenir », ajouta le taureau.
« Comment est-ce qu'elle a fait pour vous compter ? »
demanda le cheval.
Tout en courant, la chevrette répondit :
« J'ai fait comme ça : moi, ça fait un, plus le veau,
ça fait deux, plus sa mère la vache trois,
plus son père le taureau quatre, et plus
monsieur le cheval cinq. 1, 2, 3, 4, 5. »
« Ah! Monsieur le cheval a été compté aussi ! »
s'écria le veau.

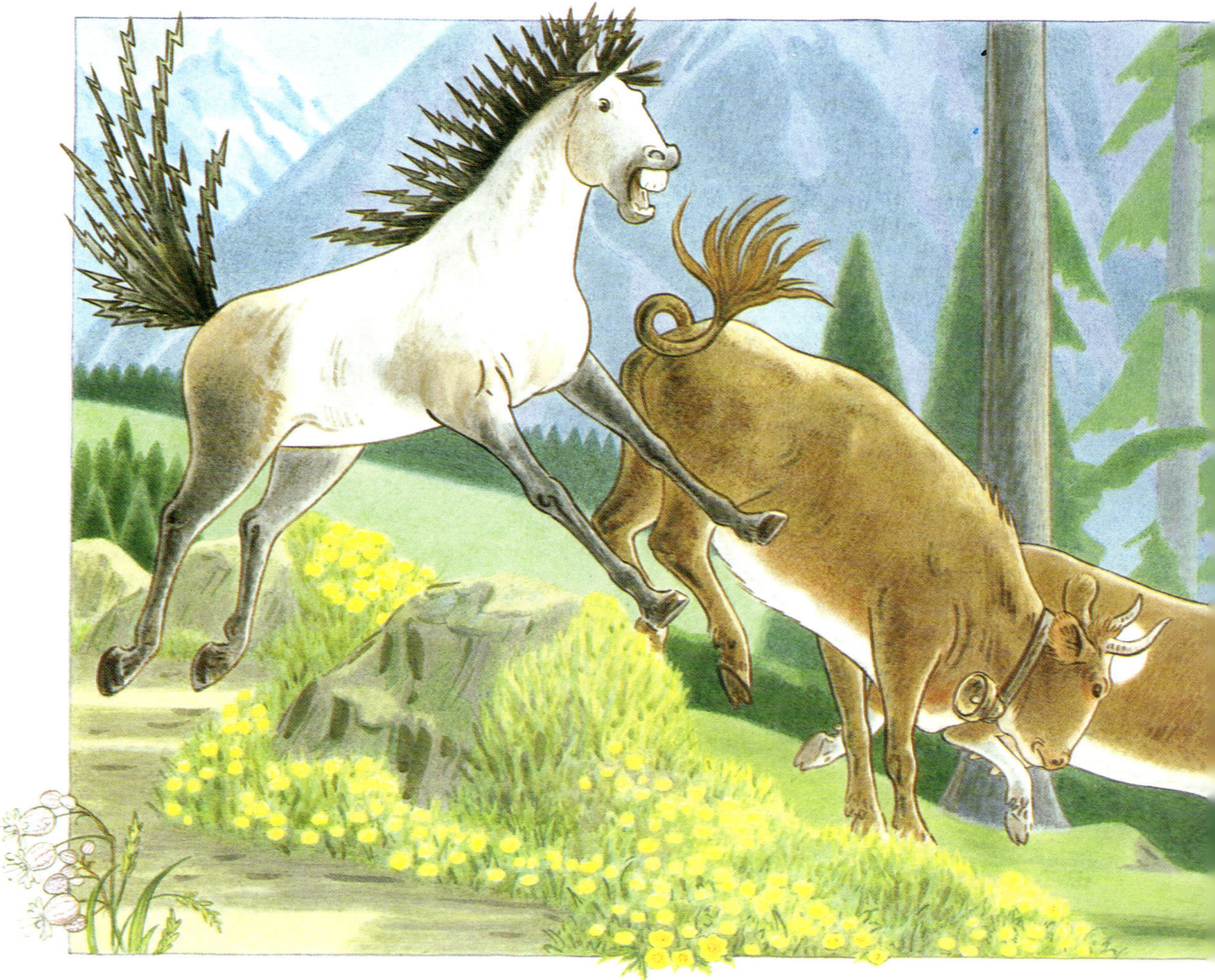

« **E**h, attends ! Petite coquine ! »
En hennissant,
le cheval se lança à son tour
à la poursuite de la chevrette.

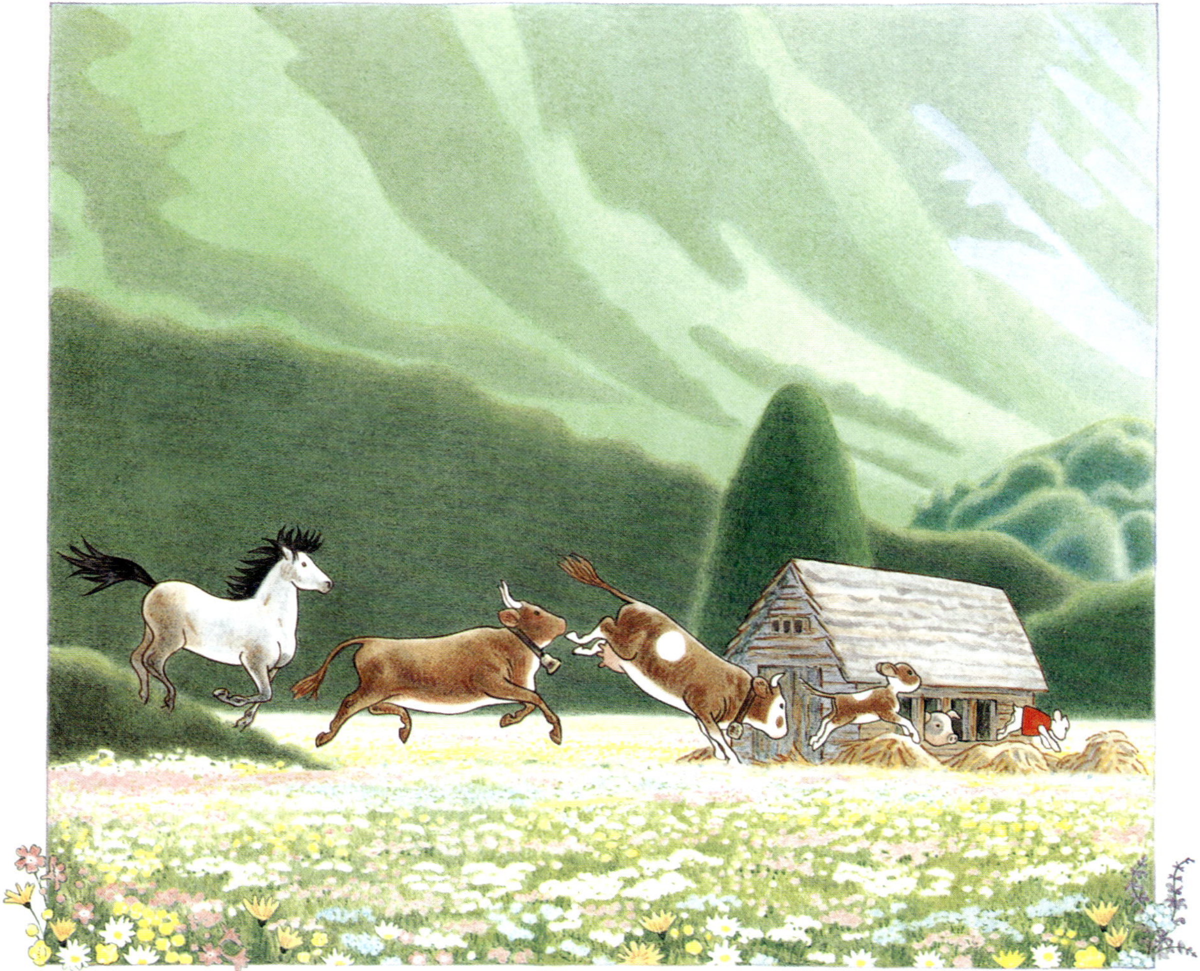

Le cochon, qui dormait dans sa porcherie,
s'éveilla en sursaut :
« Comment se fait-il que vous soyez tous si pressés ? »
demanda-t-il.
« Il faut que nous attrapions cette chevrette », dit la vache.
« Elle nous a comptés », dit le veau.
« Sans même nous prévenir ! » dit le taureau.
« Et très brutalement », dit le cheval.
« Comment est-ce qu'elle a fait pour vous compter ? »
Puisque le cochon l'avait demandé, la chevrette,
tout en courant, lui expliqua :
« J'ai fait comme ça : moi ça fait un, plus le veau
ça fait deux, plus sa mère la vache trois,
plus son père le taureau quatre, plus monsieur
le cheval cinq, et plus monsieur le cochon six.
1, 2, 3, 4, 5, 6. »
« Oh ! le cochon a été compté aussi », s'écria le veau.

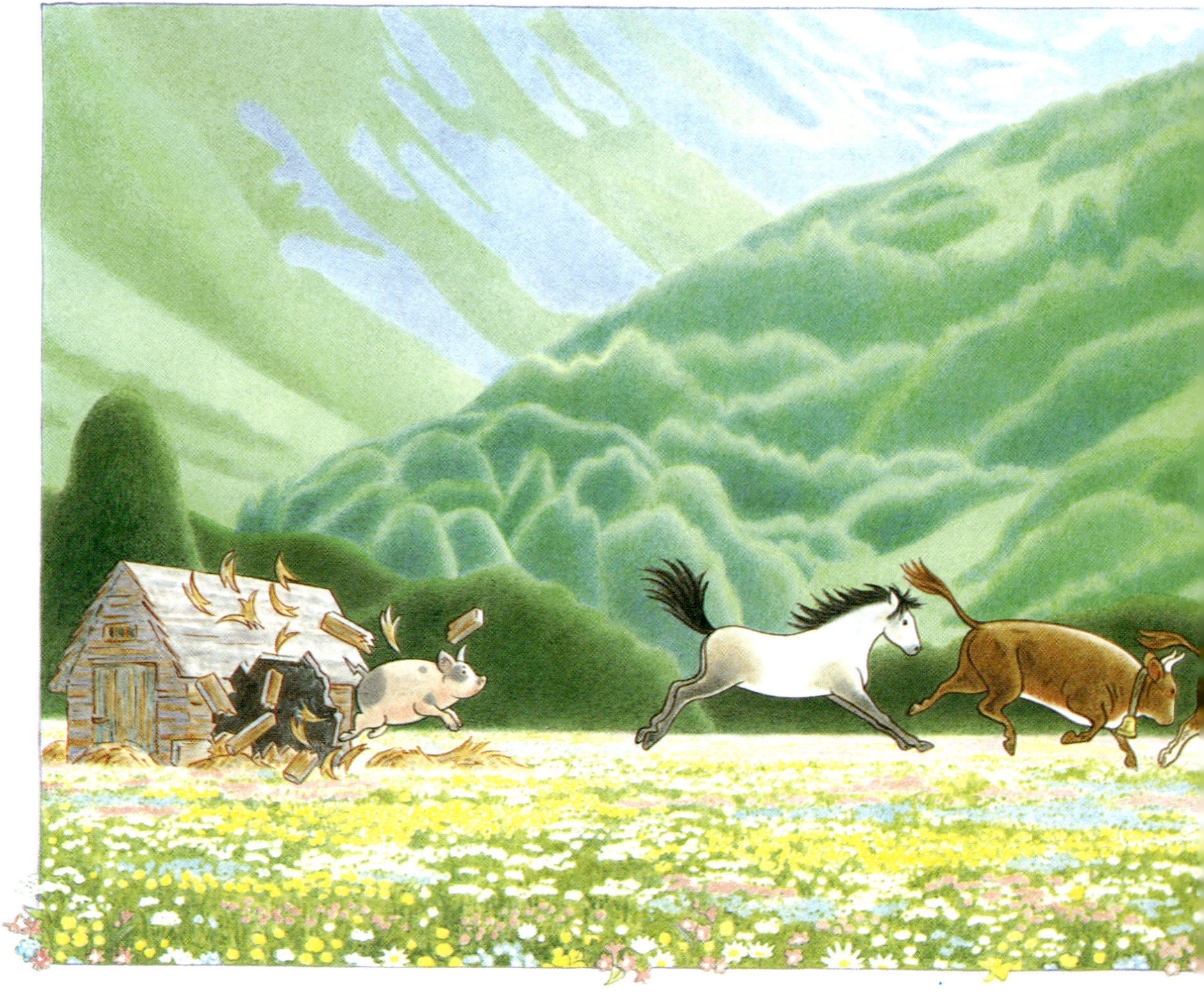

« **A**h ça ! Tu vas voir ! »
Le cochon défonça le mur de la porcherie
avec son groin, et se lança, lui aussi,
à la poursuite de la chevrette.

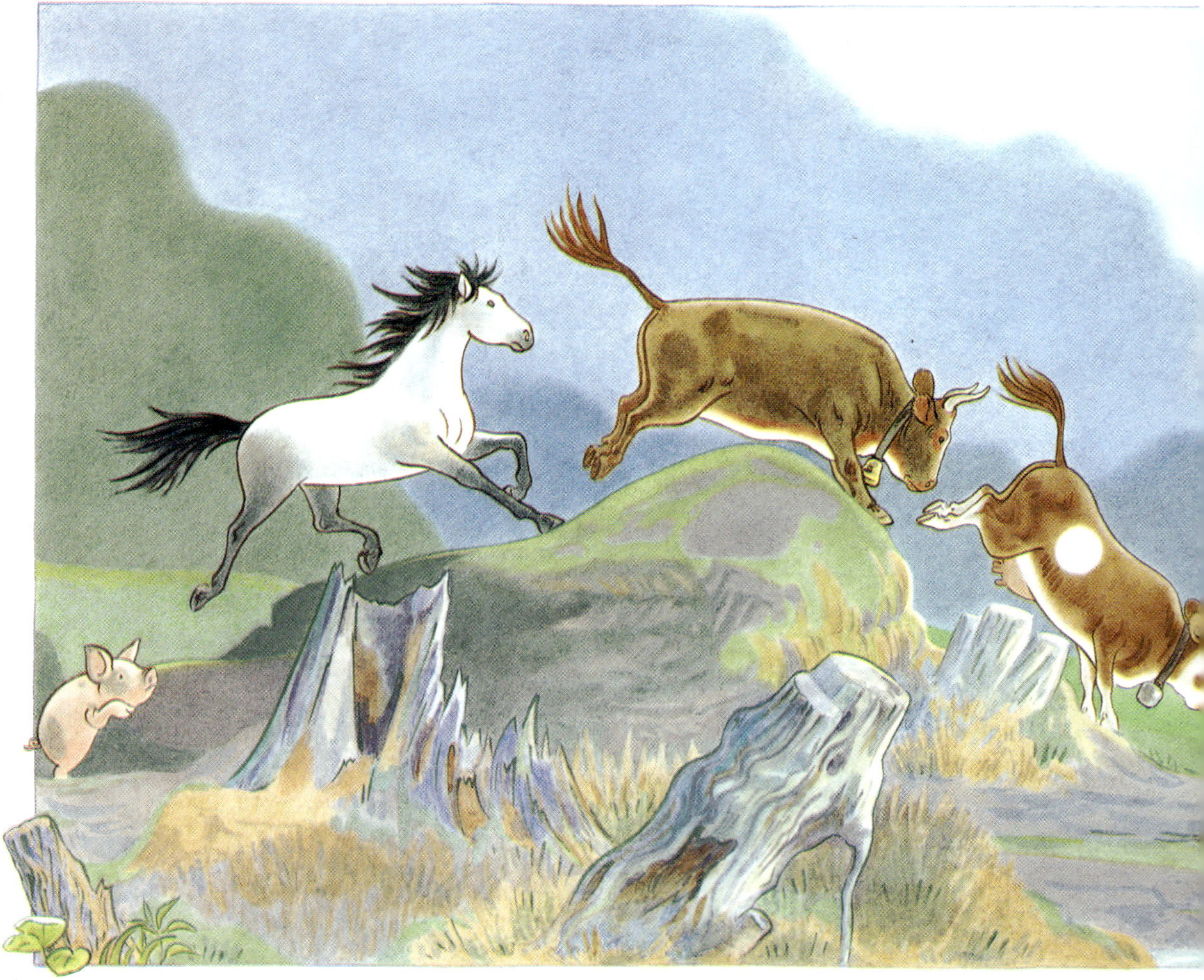

Ils sautèrent par-dessus des souches
et des rochers,
traversèrent des terres en friche,
franchirent le marais
et arrivèrent à la rivière.
Un petit bateau était amarré au ponton.

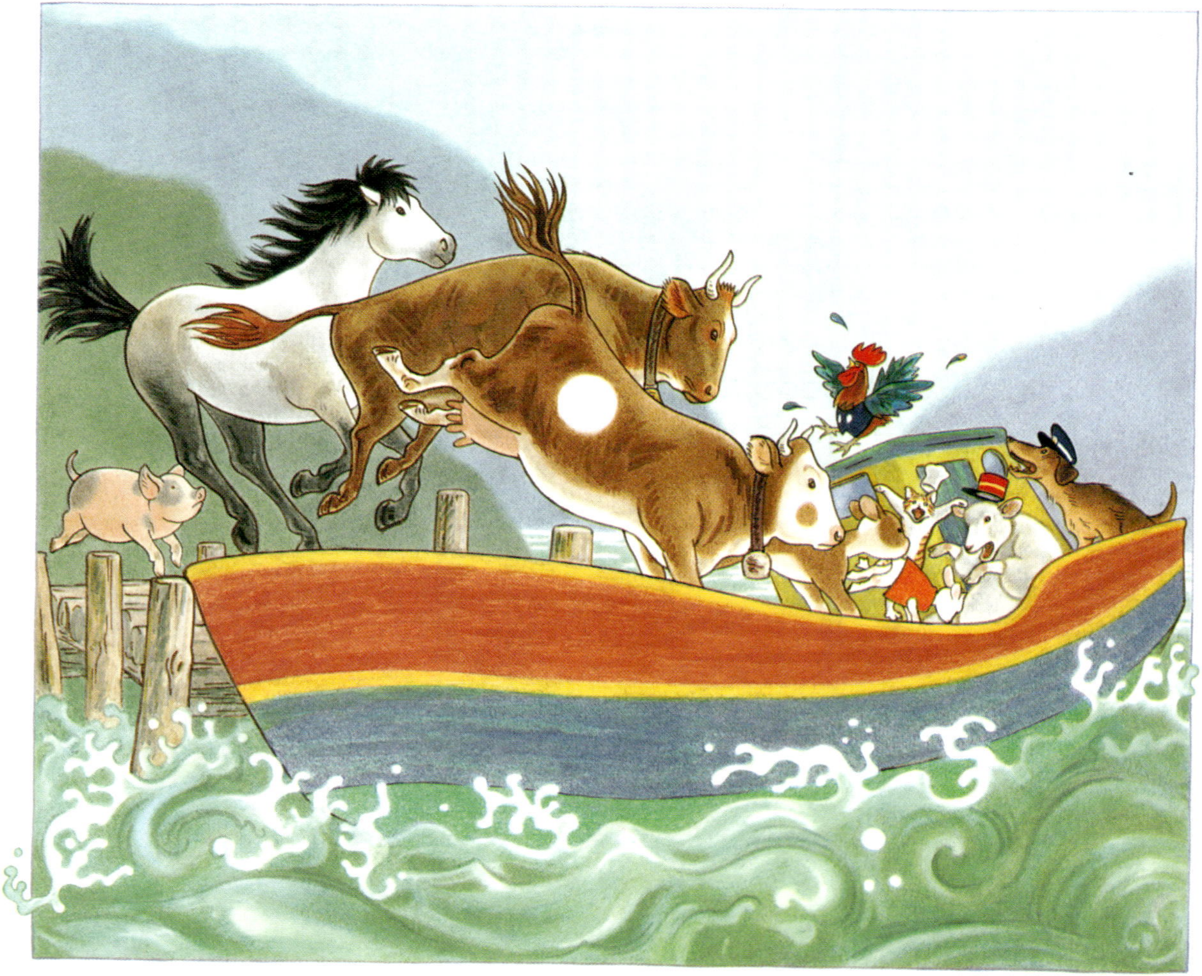

À bord de ce bateau il y avait un chat,
un mouton, un coq et un chien.
Le chat était cuisinier, le mouton garçon de cabine,
le coq capitaine, et le chien mécanicien.
Dès qu'il aperçut les animaux qui accouraient
vers son bateau, le coq s'écria : « Larguez les amarres ! »
Mais c'était trop tard. La chevrette avait déjà sauté
dans le bateau. Les autres animaux y bondirent à leur tour,
et, comme les amarres avaient été larguées,
le bateau s'éloigna de la berge.
Il dériva vers le milieu de la rivière, là où l'eau est
la plus profonde.

Le coq avait perdu la tête.
« Au secours ! Mon bateau coule ! » criait-il.
En entendant cela, tous les animaux
se mirent à trembler de peur.
« N'y a-t-il pas ici quelqu'un qui sache compter ? »
gémit le coq.
« Si, moi je sais compter », dit la chevrette.
« Alors dépêche-toi de compter
combien nous sommes !
Ce bateau est fait pour seulement dix personnes. »
Les autres animaux crièrent à leur tour :
« Compte vite ! »

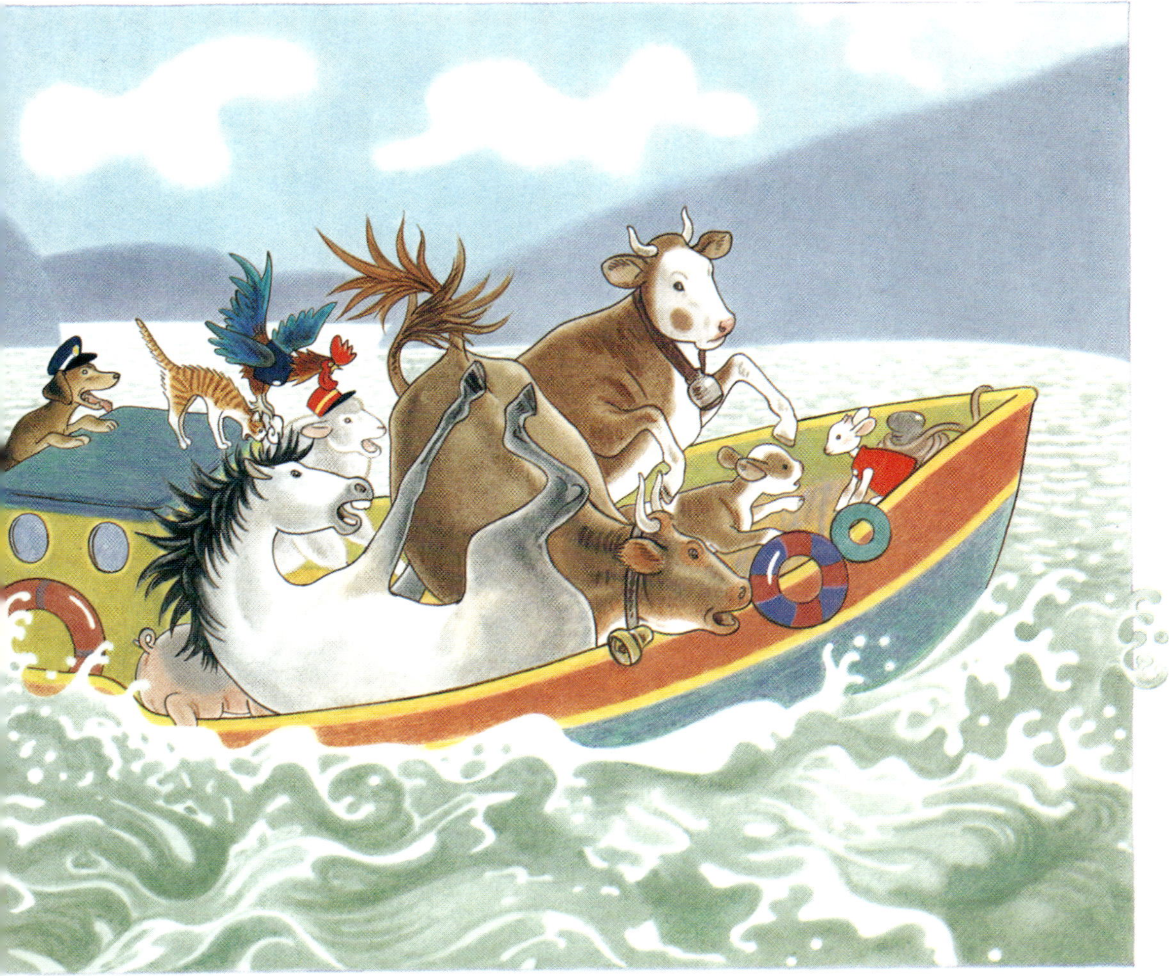

Alors la chevrette se mit à compter :
« Moi ça fait un, plus le veau ça fait deux,
plus sa mère la vache ça fait trois,
plus son père le taureau quatre,
plus monsieur le cheval cinq, plus monsieur le cochon
six, plus monsieur le chat sept, plus monsieur le chien
huit, plus monsieur le mouton neuf, et plus le capitaine,
monsieur le coq, ça fait dix. » Très soulagés,
les animaux laissèrent libre cours à leur joie.
« Bon travail, chevrette ! »
« Bravo ! »

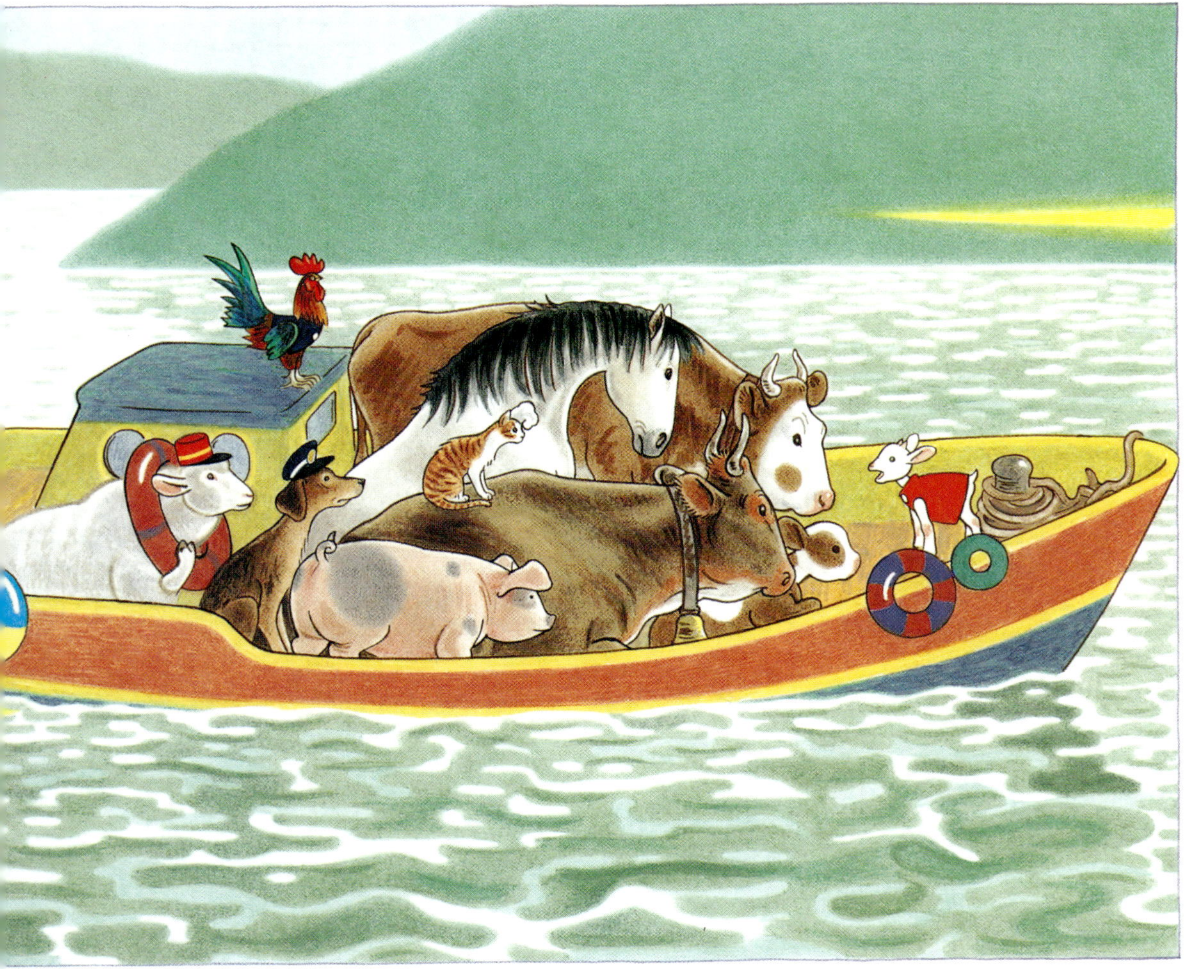

34

Le bateau réussit à traverser la rivière
et atteignit l'autre berge sans dommage.
Les animaux mirent pied à terre.
Sauf la chevrette, qui resta sur le bateau,
parce qu'elle était désormais
chargée de compter tous les passagers.
Et depuis, chaque fois que le coq
prend des voyageurs à bord,
la chevrette compte jusqu'à dix.